Christine Brand

Kunterbunte Rätsel

Ravensburger Buchverlag

Auf welche Gegenstände zeigen die Pfeile? Trage die Wörter an der richtigen Stelle ein. Die Buchstaben in den Zahlenkästchen ergeben das Lösungswort.

Ergänze jeweils das Gegenteil. Lies die Buchstaben in den gelben Kästchen von oben nach unten und du erhältst das Lösungswort.

1. Wem gehört welches Flugtier? Wer hat keinen Drachen an seiner Leine?

2. Einige der Flugtiere haben Silben auf dem Rücken. Ordne sie und du erhältst den Namen einer Sportart.

3. Löse das Bilderrätsel und du erfährst, wo und wann das Sportfest stattfindet.

4. Wer könnte auf den Füßen der Kinder turnen? Zeichne ein.

. Was hat Lisa auf die Tafel gemalt? Verbinde die Punkte und male das Bild aus.

Ergänze die fehlenden Teile der Wörter und die Speisen werden ungenießbar. Die gelben Kästchen nennen dir etwas, was Vierbeiner gern fressen (ß = ss).

Ersetze die Zahlen durch Buchstaben. Ergänze die Wörter so, dass du in jeder Zeile eine Sportart erhältst (ß = ss).

A = 1 | F = 6 | M = 11

	1		3	7	5	12			
	3	7		8	11	11	5	12	
	5	12	12	8					
2	1		9	5		2	1	10	10
14		4	5	14	12				
2	13		5	12					
	1			5	14	2	1	10	10
14	5	8		5	12				
7	1	12	4	2	1	10	10		
6				2	1	10	10		

B = 2 | H = 7 | N = 12

C = 3 | I = 8 | O = 13

D = 4 | K = 9 | R = 14

E = 5 | L = 10

T		14	11			14	8	12		5	12

Der Zauberer hat Max einen Hühnerkopf angezaubert. Erst wenn alle Rätsel gelöst sind, verschwindet der Hühnerkopf wieder.

1. Neun Tiere sind im Text versteckt. Welche?

2. Wie heißen die Dinge auf dem Bild? Trage die Namen ein. Die Buchstaben in den gekennzeichneten Feldern nennen dir die Haustiere des Zauberers (MZ = Mehrzahl).

3. Kannst du die Scherzfrage lösen?

4. Welche elf Fehler kannst du in dem Zimmer entdecken?

5. Im Gitterrätsel sind waagrecht und senkrecht fünf Lieblingsspeisen von Max versteckt. Findest du sie?

6. Das kleine Tier oben auf dem Bilderrahmen hat sich auch im Bild versteckt. Entdeckst du es?

7. Wie heißt die passende Antwort?

Wer tanzt denn da? Ergänze die Wörter. Die Buchstaben in den gelben Kästchen ergeben das Lösungswort. Wie heißt es?

Kennst du die Instrumente? Trage das Lösungswort in die blaue Buchstabenschlange ein (Ö = OE).

1. Wer hat welche Zukunftswünsche?
Ordne den Zeichen in den Sprechblasen die richtigen Buchstaben zu.

2. Lies unten Zeile für Zeile. Irgendwann triffst du auf den Zukunftswunsch der Maus ...

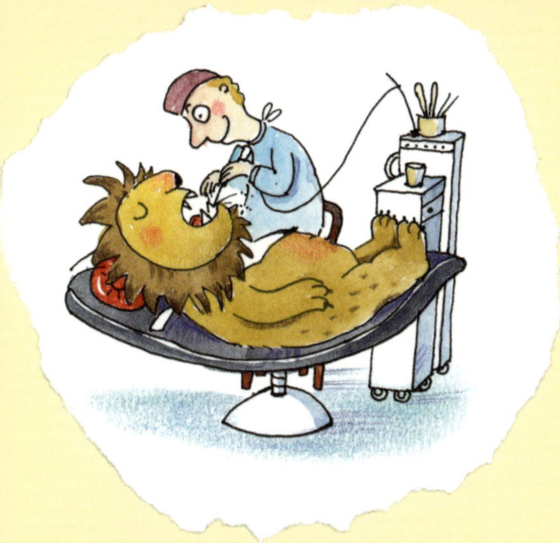

3. Was ist eine Bohrinsel?

A) Ein anderes Wort für Schatzinsel

B) Eine Plattform im Meer zur Förderung von Erdöl

C) Ein Ferienparadies für Zahnärzte

4. Welche Flugzeuge durchbrechen die Schallmauer?

A) Schallbrecher

B) Panzerknacker

C) Überschallflugzeuge

5. Wie sieht das Haustier der Zukunft aus? Male die Felder mit einem Punkt gelb, die Felder mit einem Kreuz rot aus.

6. Drei dieser verschlüsselten Meere sind Ozeane. Welche?

Finde die richtigen Wörter und setze sie in die Kästchen ein.
Die Anfangsbuchstaben ergeben ein Kleidungsstück der Wikinger.

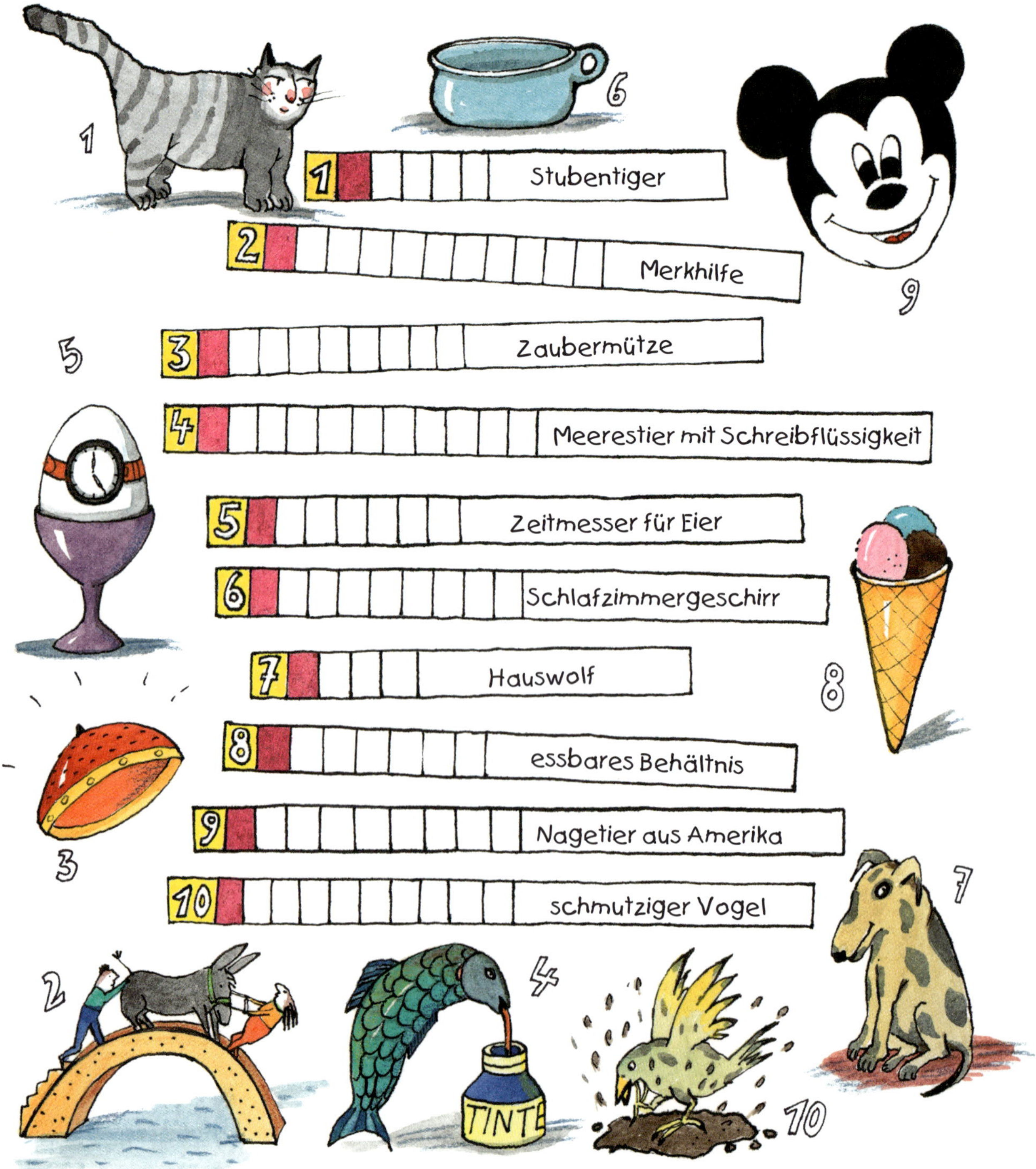

Die Augen leiten alles, was sie sehen, ans Gehirn weiter. Das Gehirn sorgt dann dafür, dass wir das Gesehene erkennen und verstehen.
Manchmal ist das aber gar nicht so einfach ...

1. Welcher der beiden mittleren Punkte ist größer?

2. Kannst du dieses Wort lesen?

3. Hier siehst du einen Vogel. Sonst noch was?

4. Ein Kopf mit Hut oder zwei Köpfe mit Hüten?

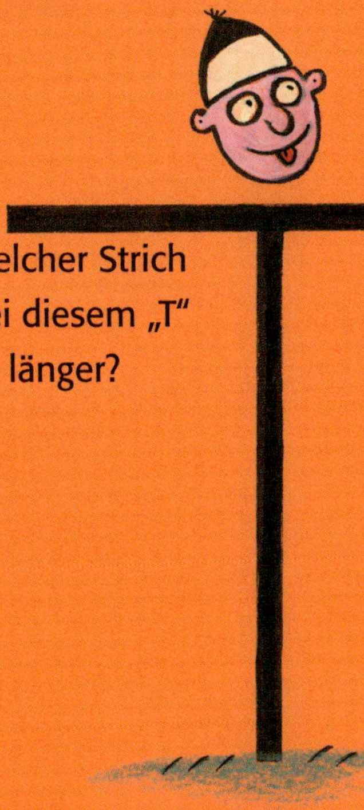

5. Welcher Strich bei diesem „T" ist länger?

6. Ganz normal. Oder?

7. Erkennst du das Glas? Und was noch?

1. Nimm ein Lineal und verbinde die Zahlen. Die Buchstaben, die von der Linie nacheinander durchkreuzt werden, ergeben den Berufswunsch der beiden Mädchen.

2. Auf den beiden Klassenfotos gibt es 10 Unterschiede. Entdeckst du sie?

3. Hier stimmt doch etwas nicht! Setze die Namen wieder richtig zusammen und trage sie in die Wortleisten ein.

Der Vogel will eine Postkarte einwerfen. Weißt du, aus welchem Land sie kommt? Trage die gekennzeichneten Buchstaben der Reihe nach auf der Postkarte ein.

Trage die Begriffe von 1–12 in den Rätselkamm ein.
Als Lösung erhältst du einen Gegenstand, den Polizisten
oft bei sich haben.

1. Fünf Gangster treffen sich in einer Kneipe. Plötzlich fällt ein Schuss. Sie fliehen durch den dunklen Flur. Wer bleibt zurück?

2. Welchen Weg muss der Hund nehmen, um den Dieb zu schnappen?

3. Was steht auf dem Zettel? Knacke den Code.

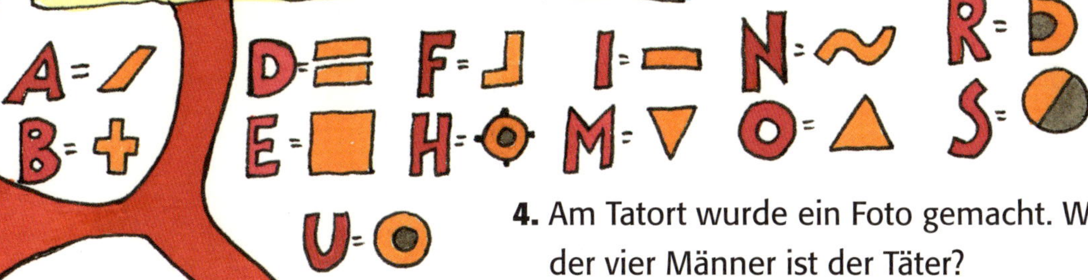

4. Am Tatort wurde ein Foto gemacht. Welcher der vier Männer ist der Täter?

5. Woher kommen die Blutflecken? Verbinde die Zahlen.

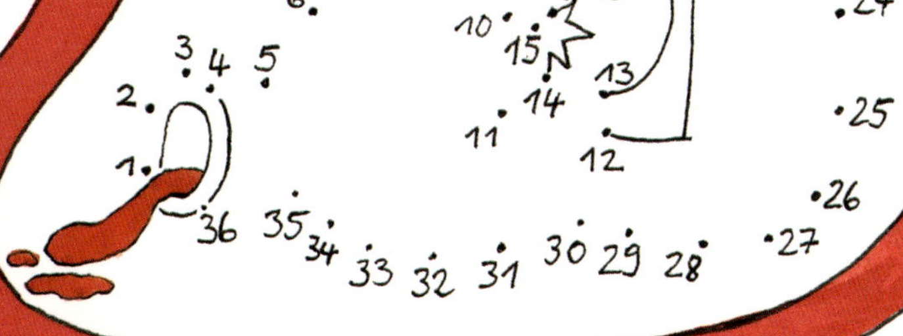

So ein Chaos! Kein Wunder, dass der Hase da eine Frage hat.
Löse das Bilderrätsel. Weißt du auch die Antwort?

Wie heißt der Zauberspruch? Die kleinen Hexen helfen dir, die richtigen Wörter zu finden.

1. Manche tun es, um fit zu sein.
2. Weiblicher Vorname
3. Monat im Frühjahr
4. Siehst du am Himmel
5. Gegenteil von Mut
6. Er begegnet dir in der Schule.
7. Fischfang-Gerät
8. Sitzgelegenheit
9. Stacheliges Tier
10. Kleines Nagetier

BESUCH A
LES

1. Trage die Namen der Bilder ein. Die Buchstaben in den farbigen Kästchen ergeben das Lieblingsfressen der Planetenbewohner.

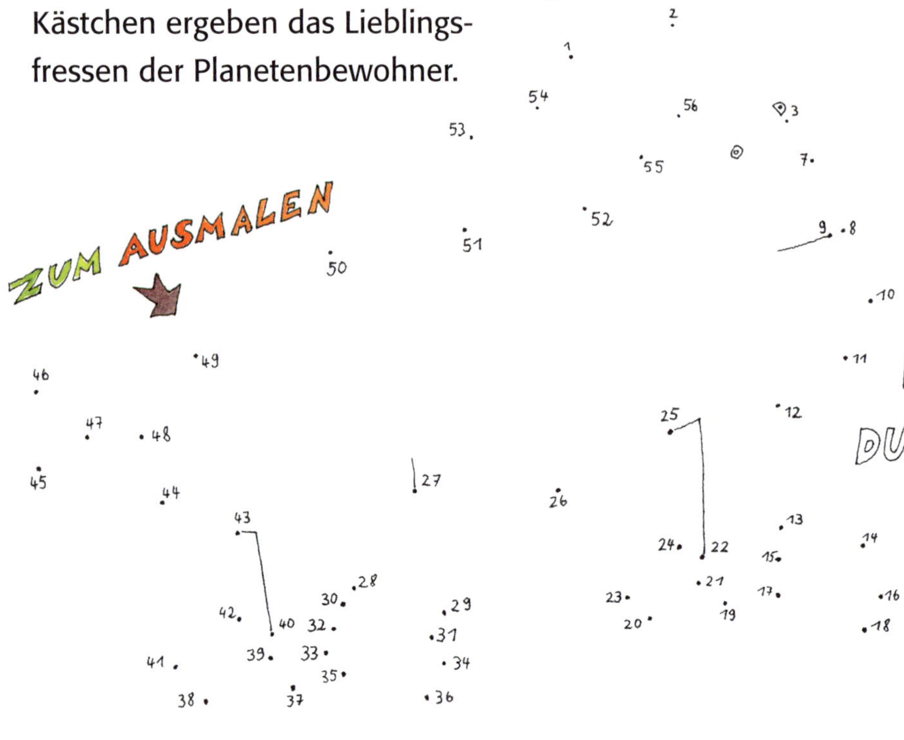

2. VERBINDE DIE PUNKTE MITEINANDER. DU ERHÄLTST EINEN PLANETEN-BEWOHNER.

3. Was ist das?
Erst weiß wie Schnee,
dann grün wie Klee,
dann rot wie Blut.
Schmeckt allen Kindern gut.

4. HIER HABEN SICH 10 URWALDRÜSSLER VERSTECKT.

5. Was hat die Schlange gefressen? Trage die Buchstaben richtig in die Kästchen ein.

Welche Bilder siehst du hier? Trage die Wörter an der passenden Stelle ins Gitterrätsel ein.

Setze aus den Buchstaben Wörter zusammen.
Trage daneben das Reimwort ein.

WALL	W L L A	L L A K N	KNALL
SAND	N S D A	N R D A	RAND
QUARK	Q U A R K	P K A R	PARK
TISCH	T S C H I	F S I C H	FISCH
RING	R I G N	I D G N	DING
KOCH	O K C H	O L C H	LOCH
BAUM	B A M U	R U A T M	TRAUM

1. Welches All-Wesen schwebt denn hier? Verbinde die Punkte.

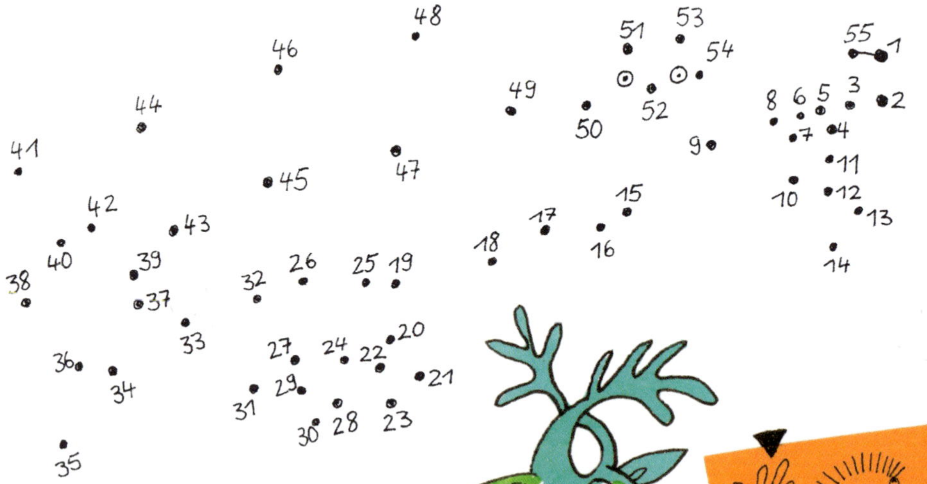

2. Woher sind die Außerirdischen? Trage die Anfangsbuchstaben der Dinge in die Leiste ein und du weißt die Lösung.

3. Wie viele Sterne kannst du erkennen?

4. Welche Wortpaare gehören zusammen? Verbinde sie mit Linien.

POLAR	ANZUG
MILCH	SCHNUPPE
RAUM	STRASSE
STERN	ALL
WELT	LICHT

5. Fast alle Außerirdischen kommen auch auf dem „Schattenwelt“-Planeten vor. Nur einer fehlt. Welcher?

AUFLÖSUNGEN

Seite 2
Bleistift

Seite 3
Sonne, Tag, unser, neu, dünn, keiner, nein, plus, leicht, arm, nah = STUNDENPLAN

Seite 4/5
1. 1G, 2B, 3C, 4E, 5D, 6A; Kind F hat keinen Drachen.
2. DRACHENFLIEGEN
3. Am Montag auf dem Schulhof
5. Elefant auf dem Boden, der mit einem Vogel und einem kleinen Elefanten turnt.

Seite 6
Glühbirne, Fusspilz (= Fußpilz), Ohrenschmalz, Pferdeapfel, Sonnenmilch, Kopfnuss, Trauerkloss (= Trauerkloß), Scherzkeks, Tee-Ei, Satansbraten = HUNDEKUCHEN

Seite 7
Tauchen, Schwimmen, Tennis, Basketball, Rudern, Boxen, Wasserball, Reiten, Handball, Fussball (= Fußball)
rote Leiste: Turmspringen

Seite 8/9
1. Sau, Nerz, Hund, Ren (= Rentier), Elefant, Papagei, Beo (exotischer Vogel), Elch, Ziege
2. Stern, Raben, Torte, Augen, Kanne = RATTEN
3. Augenweide
4. Schere mit 3 Schneiden, Katze im Vogelkäfig, Tier im Blumentopf, 30. Februar, tropfender Hahn am Schuh, Klopapier im Wohnzimmer, Teekannentülle zeigt nach unten, Nagel ist unten am Bild, Rolle am Stuhlbein, Zahlen 4 und 5 auf der Uhr, Gabel zum Umrühren in der Tasse
5. Pizza, Kekse, Pflaumen, Eistorte, Apfelmus
6. Es versteckt sich in der linken Bildhälfte (Mitte).
7. Tisch oder Stuhl

Seite 10
Tanzbär, Tanzmaus, Tanzschule, Tanzschuhe, Tanzlehrer, Tanzmusik, Tanzkleid, Tanzkapelle = BALLERINA

Seite 11
Trommel, Pauke, Schlagzeug, Geige, Klavier, Gitarre, Posaune, Floete (= Flöte), Trompete, Horn = MUSIKANTEN

Seite 12/13
1. Das Huhn wünscht sich: Sonntags legefrei
   Junge links: eine Tarnkappe
   Junge Mitte: Hausaufgaben-Roboter
2. Die Gemüse fressende Katze
3. B
4. C
6. Pazifik, Indischer Ozean, Atlantik

Seite 14
1. Katze
2. Eselsbrücke
3. Tarnkappe
4. Tintenfisch
5. Eieruhr
6. Nachttopf
7. Hund
8. Eistüte
9. Mickymaus
10. Dreckspatz = KETTENHEMD

Seite 15
1. beide sind gleich groß
2. TRICK
3. Vogel oder Hase Langohr
4. Dreht man das Heft um, sieht man einen 2. Kopf mit Hut.
5. beide sind gleich lang
6. Eine optische Unmöglichkeit! Die Innenseiten der „Stimmgabel“ wurden zu einem dritten Querbalken zusammengefasst.
7. Das Schwarze sind zwei einander zugewandte Gesichter, das Glas bildet die Negativ-Form dazwischen.

Seite 16/17

1. Architektin
2.

3. Suse, Ludwig, Wolfgang, Silvia, Cornelia, Thomas, Marius, Rudolf, Beate, Sabine

Seite 18

Briefe, Schere, Tasse, Handtuch, Besteck, Brille, Drei, Buch = (Viele Grüße aus) FRANKREICH

Seite 19

1. Hut
2. Handschuh
3. Fingerabdruck
4. Dieb
5. Masken
6. Steckbrief
7. Schloss
8. Geld
9. Seil
10. Lupe
11. Messer
12. Narbe = HANDSCHELLEN

Seite 20/21

1. Der rothaarige Junge im Vordergrund
2.

3. UM SIEBEN AM FRIEDHOF
4. Der zweite Mann von rechts ist der Täter. Seine Uhr hat ein rotes Zifferblatt.
5. Aus einer Flasche Tomatenketschup.

Seite 22

Der Hase fragt: Wo hat sich eigentlich meine rot-schwarz gestreifte Badehose versteckt? Sie liegt unter der Kommode und der Pflanze rechts daneben.

Seite 23

Sport, Iris, Mai, Sonne, Angst, Lehrer, Angel, Bank, Igel, Maus = SIMSALABIM

Seite 24/25

1. Möhren, Rüben, Kürbis, Äpfel, Nüsse = BIRNEN
3. Kirschen
4.

5. ZWIEBELN

Seite 26

Waagrecht: UFO, Rabe, Maus, Teller, Laterne, Narbe

Senkrecht: Kosmonaut, Ohr, Gabel, Stern, leer, Erde, Nase, Bär

Seite 27

Wall/Knall, Sand/Rand, Quark/Park, Tisch/Fisch, Ring/Ding, Koch/Loch, Baum/Traum

Seite 28/29

2. HIER PLANET NASIGORENG
3. 6 Sterne
4. Polarlicht, Milchstrasse (= Milchstraße), Raumanzug, Sternschnuppe, Weltall
5. Der grüne Außerirdische von ganz unten fehlt.

SPIEL & SPASS

Weitere Spiel- und Spaßhefte:

ISBN 3-473-**37749**-X

ISBN 3-473-**37753**-8

ISBN 3-473-**37773**-2

ISBN 3-473-**37741**-4

ISBN 3-473-**37725**-2

ISBN 3-473-**37761**-9

ISBN 3-473-**37771**-6

ISBN 3-473-**37769**-4

ISBN 3-473-**37775**-9

Gute Idee. Ravensburger